うたふ鰭

熊村良雄歌集

青磁社

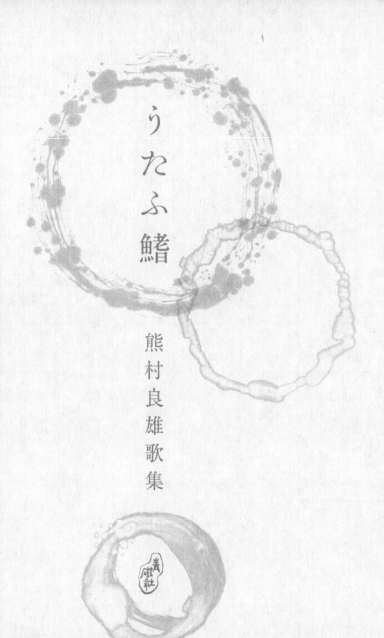

うたふ鰭＊目次

熊村良雄歌集

うたふ鰭

あふれしむ

春の雨にありけるものを立てかけて傘のもとへに溢れさせたり

乗り物のそとは雨脚こゑたてぬものの温気にガラスが曇る

しやぼりしやぼりと雨は流れてむらさきに灯る釦《ボタン》は何せむボタン

金子光晴「洗面器」より

足もとが水浸しなりあらたなる落魄のごとまざまざとして

あるともみえぬ停留所を告げゐる声の天女と戯れてみる

いつさんに駆け抜けてゆくまだら猫むかうのやみは好い闇なりや

人情ドラマを観ては流れいづる水精《ニンフ》の泪とよびて清しき

このごろの物音《ものね》にこもる蕩《ゆら》めきは母の胎なる記憶かしらん

雪晒しかさぬるたびに更へてゆく吾《わ》が村ぎもの根雪もとけて

暦象のこと夐《はる》けしやみづとりのまなこに春の喫水ふかし

富士川の鳥の羽音に戦《ふる》ひけりマクベスはこほろぎに怯ゆる

雨あがりしばしきて鳴く雀らのあたらしき声《ね》を聞かせむとなり

昼の入浴たづさへて行かうかエリュアール詩集『時はあふれる』

逢ひみての

あした逢ふ人に文書く余寒かな　田中裕明

樹木《きぎ》はまだ緊《かた》い裸のうつくしさ春寒といふ虚《そら》をきり嵌め

きさらぎの土踏む人よ皚々《しろじろ》とうしろの山は奇蹟のごとし

季節を撓めるやうなる梅の花の遅速《ちそく》を愛すといひし人はも

大書肆の古典文庫の棚のまへを傍《ばう》とをりしは昨日のひとや

影向《やうがう》の妙《くは》しきひかり踏みつつし社で待てる人もあるべし

池の面は白刃のうつりうつつなく首つき出せり亀の鳴かまく

柩あるを忘れたるやうに入りしその夜の部屋の噐《さけ》びのやう

永遠と一日《ひとひ》のあはひおもひ懦《よわ》るもとより心なき性なるを

よい事もいつかありますと言ひしか二度《ふたたび》は逅はざりし人の

火星と土星あひ寄りつあかつきの後朝さへもうはの空なる

人膚の温もりといふよろしけれ熱しと覚ゆるあやふからむ

岸壁に釣糸《いと》のきれたる朱の浮子がせんかた波をみて行かないか

家路地に遊べる子らもみずなりぬどこへか赴かむ逢魔が時の

仏飯をけさもついばむ鳥がゐて土の記憶かわれにあるやう

病院の待合室に掛けありしローランサンを憶えてゐるや

幼子の友のやうなる母の声うしろの席で聞いてをりしか

鶯が恋人ならば

バルザックの恋文の如くきびきびとせる文を一度も呉れしことなき　安立スハル

曲がりをへると直向《ただ》かふかの山の懐へ入るやうなり車は

ほの暖《くら》き鉾杉の上にしろじろと巓がのぞくこの道のさき

岐れゆくほそ径に朽葉の際やかなる山の口にむかふべし

喬木が虚空に細枝かはしつつ　シラノ何某は剣客なり

をちこちを馥るといへど飛梅の一念《こころ》をよそに春はすぎなむ

花から花へ蜜を漁れる目白らが目玉をよせてあたりを伺ふ

むかしむかししきりに憶へ間《かん》として垣根のめぐり午《ひる》ちかからむ

湖水より渡れる風のやはらかし懐より出でたる掌《て》のやう

枯葦のつのぐむ時をひたぶるに身を傾げればさらばオリオン

桜草あれつぐ中心《なか》の暈《くら》みゆけホーキング博士も覗いたやら

ふつふつと小エンジンを噴かしをる鳥　鶯が恋人ならば

七回忌になるといふのに村ぎもの心はとほき風景にをり

帰るさのサイドミラーに映ればや別れを惜しむ風情《なさけ》さへある

白日

わたしの日は飛脚よりも速く　『ヨブ記』

百鳥の春日をうたひ堪らずや雉子《きじ》も声あぐ　カインを傷み

新聞をよむさへ聖書のおそろしい声がきこゆる雀ごの朝

小夜啼鳥《ナイチンゲール》は鳥といふ種を超えた鳥であるとゲーテはいへり

耳もあて聴きあへざるも胸の藻の鳩の陰律《おんりつ》まねてはみたり

真赤なランドセルなればいつのまに辻に消えしかまた見《あら》はれむ

科捜研の女、必殺仕事人あやしうこそ物ぐるほしけれ

二十年たつても謎のままなれば人の言葉と思はれぬあり

人生は劇場といへどろどろやだんまりなどを案じける者

カーテンの披くことなき裏窓にひめぢよをんばかりの苑生

暮れやらぬ薄暗の底こつねんと遺影の笑まひさもあらばあれ

埴輪よりさだめて昏き目をひらく彼方《あちら》に一つゆれる灯影は

軽雷にふと目が合ひぬ空室のモナリザと磴道《きざはし》の実朝

白樺がまちうけ画面に撮られたり天女の脚かしら雲かはや

白タイツ浮かむとおもふ一瞬の沖のしら浪いつか王子は

自慰なども教へてくれし白面の竹馬の友も老いざかりなる

白白《はくはく》の日々のおもひで「歌は吾が玩具」といひし歌人《うたびと》がこと

計謀《たくらみ》も澄みわたる空みづむけに大和まほらま墳墓のいくつ

奈良の春

足早にふだんの人の往きかへる誰を覓《さが》すといふなく吾は

へんてつもなき町なみの裏てに御陵《みささぎ》の杜を地図は示すも

マンションをすぎて現はるる偉容もあるべくかして朝光のなか

御陵にビニール紐はなかるべしくはへて搬ぶ五位とおもはむ

しづかにも眠れるものをみづとりの繁《いそが》しくする春にか遭へる

古墳などみて廻りしか夕べには土色の臓《もつ》を食らひをるも

歴史の塁塁をおもへど薄らかなる画面を視《み》ては電車の人ら

愛らしき制服姿の子どもさへ関西弁を熟すさすがに

なめてはじめて耳にたつ声ごゑの日常にして旅人のゆめ

もの狎れし少年らの貌のなかに絵のやうに起つ阿修羅と想ふ

かたはらに睡魔かをらむとろとろと勤め帰りの人のごとくに

手足

坐《おは》すべき所ならずやさならずやと硝子ごしにも御仏を観る

奈良国立博物館

み仏の欠けし手足を陳べたり手足が識れることのあらむか

み仏のあまた坐する不思議の町よ人のおとせぬ暁などは

永遠に美豆良《みづら》に結へる少年のかたへに見えぬ手こそあらめ

石像に足跡《あしあと》ありけり饗応に出かけたりとふ説話のありや

花筐めならぶ生徒のあまたありて暗き夢殿ともしきろかも
かたはらに億土はあれか夢違観音をこそ詩神《ミューズ》とおもひて
伽藍よりいでて慮《おも》ふもすずろなる粛《しづ》かに後を随《つ》いてくるもの

門前の蕎麦屋の主人《ぬし》はふつりあひなる長髄を屈めてをりし

惟《おも》ふがに痩せたるあばら昼間みし百済観音かあかすりをもて

旅にゐて覚ゆるつねかつひに伴ひ来たることのなかりし人

旅に病んでと詞《ことば》のかけめぐるもなにか風呂敷の如きのうかむ

かの仏唯おひとりに坐すかと山吹にほふ尼寺《てら》を見ます

中宮寺

つきかげ

おほてらのまろき柱のつきかげも見はれにけむわが佪《もとほ》れる

天平の甍の鴟尾のそよぎいづる月光《つきかげ》をこそみまく欲りしか

暁のパルテノンに佇つ夢もまたゆめにして辞《さ》りゆくべしや

啼く時はのどぼとけみせ口を開《あ》くみづならの樹にきたる小鳥も

みづならの嫩葉のひかり目にしみぬこの御寺にもきたりと思へ

れんげ咲くうらの畑に薬師寺のおそき桜が飛びきたるとき

吹く風の御堂にかよふゆくりなく如来が肌の埃をはらひ

日光月光わきに随へぬば玉の如来　宇宙は膨らめりとよ

石城

事しあらばをはつせ山の石城《いはき》にも陰《こも》らばともになおもひ吾が夫《せ》　詠み人知らず

橿原の上空をとぶつばくろが信用金庫の辺をかすめたり

千年の淵ゆたちまち翻るものメビウスの環《わ》を結ぶべく

あちらからと指に示せる三山の山ともみえず天《あめ》の香具山

耕運機が通れるしまし土掘れば何の出でくるやらしれぬとよ

石舞台なる墓をみきまだ現れしことなきものの塋のごとし

はじめに奥津城ありきと暗がりを石《いは》の隙より光の降りる

墓の中から眺めむとけうとくも思ひ画いて造りしものかは

うつし世と神世の隙間《あひ》をよこぎりし小鳥なれども畏き鳥ぞ

廷臣の首塚もあれケータイに斂《をさ》むる人ら神のゐまひや

たんぽぽの上に寝ころび居るまにも団体を引き連れて声あり

行列はなべて哀しき形態《すがた》なれ人を数ふるあのガイドはや

われもまた大いなる周遊《ツアー》を思ふいましも来て間もなく去ぬる

うしろ

三輪山は電車の窓を見えかくる隠さふべくもなきものにして

巻向《まきむく》のせせらぎの音　走ることは歌ふこととたれか言ひける

国道を横切りてなほ人けなき径ふかしぎの思ひ涌きつつ

過ぎゆくは帰り来ることこの人はさつき通つたとれんげ、たんぽぽ

耳成と畝傍の山が乳房のあはひ古代のジーピーエスならむ

箸墓の古墳にちかく幼稚園よりいづる人あれば道をたづぬ

後ろから来たのでせうとかたへなる杜を指して婦人《をんな》は咲へり

この町に暮らす人あるそれさへに不可思議のことにはあらなくに

ふとしたしぐさの心に止《とど》まるはいかなる花か彼の人に問はむ

昼は人、夜は神にし造られしとこの奥つ城に眠れるものへ

百襲姫《ももそひめ》とはたれならむひとたびはこの世に生れしものの窺ふ

庵

まどひきてさとりうべくもなかりつる心を知るは心なりけり　西行

生活のけぶらひもなき庵《いほり》ただひとり在る木像に会ひにか

一生を棒にふりしと思はねど心なき身を顧《おも》ふことあれば

おのが裡なる暗道《くらみち》を駆けてゐただけだらうか　彼の人やうに

たらちをの俤《かげ》もおぼろよたまきはる裡の曠野に声もとどかぬ

「さういふ人だつたのよ」聡明は赤染衛門が口にもにたる

さうい ふ人だつたのか、鋭敏はかうもりのやうとんびと違ひ

蟻や蜘蛛やげじげじなどもゐたらう或いはそれとても分からぬ

美事な、といふ声々を脱けてゆく帽ふかきものさくらの精か

遁世は風雅《フーガ》のすがた花びらは花びらを追ひかけ窮まりぬ

身にも添はずなりにし心なにを言ひてもみな歌になるあはれ

水分《みくまり》のえにしならむや山路くれば二輪草のひとむれに逅ふ

間なくぞ雨は降るといふみ吉野の耳我の山か顧みすれば

脇見せる行者だらうか花の散れる舗装道路に足を挫いて

ありけむ人をるらむ人の往き来せる村里近きあたりと思《おぼ》し

ゆふやみ

徒歩でくる者などゐないとかつらぎの一言主は宣ひしかな

堺ナンバーのくるまで来し者に一言主は何を告らさむ

軽口のひとつも言はねばたまらぬと思ひのほかの淋しき社

箴言《アフォリズム》なる形式のありけるも如何なる精神かは知らざり

御所《ごせ》を過疎から守らうと何党の宣伝カーか野を横切りつ

つらつらと見つつしゆけど足休むる喫茶店ひとつなかりけり

はやくも牡丹の咲ける当麻寺の娘《こ》が庭でなにか手伝ひをす

きのふ夕日の隠れし所あしびきの二上山《ふたかみやま》にけふは来たりぬ

草臥れて宿借るころの大和なるホテルの辺《へ》にもゆふやみが来る

みづうみ

つぶやけば枕詞かたつぷりと真水をいだく吾なるうつは

日に干せる蒲団もありや家列《いへつら》のむかう巨き湖《うみ》のばうとして

みづうみの縁を連ねて人の宇《いへ》たがひに知りしかも見知らぬを

家々の戸を閉ざしたり猫といふけむりの如きものが渉れる

径行の者かはしらず死をはらむ車道など突つ切つてゆくべし

三界を一跨ぎせる王権はアフリカの猛獣もしらぬこと

明るすぎる声にいふべし魚跳ねてたちまちとづる水面あれ

津々と車窓にながるる水色のはてもなき念《おも》ひの源

七割はみづといふ汝《なれ》を抱けば決壊のごとき思ひかある

もののふの声はせざれど葦牙やあらあらしきは望月の駒

水上の音楽こそは床しかり楽師らあまた小舟に浮かべ

奏でむは夜のささなみ斎王のいづれのをよりと詠みし昔ゆ

急降下せし鳥のみえずなりたり　一瞬水面となりし鏡

幾人《いくたり》の己を映し見たらうか鏡の国をつひぞ戻らぬ

なきひとの春日のなかに佇てる寞しき　澱むとはかかることにか

行春を惜しむといへばすずろなる吾もさながら由縁《ゆかり》の者と

みづうみの形が琵琶か琵琶の音《ね》のみづうみかただ春の重たき

遠山の頂だけがぼんやりとうかむ淡海《あふみ》の意《おもひ》しらずも

帰途にあるのだがどこへ逝かうとしてゐるのかかかる憶《おも》ひがたえぬ

根の国の列車のとよみ目蕩《まどろ》みて気がつけばみづうみの影なく

雪嶺のいまだ見えずもすぎ山の日脚寂しげ越えむとすらん

灯

このごろの暗《やみ》の慕はし雪国の老いはしばらく目を閉ぢてゐる

扇風機が回りつぱなし父の逝きしむし暑き夜の明けたる朝の

遺影にもひとつ灯ともすつひにして語りあへざるものに対ふと

病棟の展望室に人がゐてふとたち去りしあとの不知火

高窓にみゆる市《まち》の灯ひとつつふたつ点り始むる夕べがありし

つながるは何の密かは点々と宵闇の底にともる灯あり

地の星と呼ばむ心の谷底や山塊くらき吾が断層

炉心融解《メルトダウン》を聞きしはや冬の月のすさまじきとは誰《た》が言ひにける

ぎらぎらしき町の明かりも放電の魂《たま》と呼ばはむ星ごころなり

短歌《うた》は求心的なるものと道《い》ひし彼の人さらにおぼろけならず

立体の街の軋みもかぜのとの遠山鳴りと近況つたふる

電線の密なる空も見えずけりいづへをつたふ海山の嘯《な》り

ものの音《ね》は形なきもの生まれては熄えゆくものときけば慌《おどろ》く

ありつると君の語ればふるさとの灯ともすバスがきえ入る峪よ

故郷《ふるさと》の海はさびしく道の駅の定位置に佇ちてながむるのみ

ながき日を無為にありとふ原発の浜に寄せくる白浪もみゆ

「タローやむからうに見えるね」尨犬の核《さね》のごとき目も今はなし

鉄柵のむかうに咲ける玫瑰《はまなす》の香もまた遠き日々を越えてむ

陽の衰《よわ》り腸の弱りと誤植され薬のみこむ水の快《はや》きを

目を洗ふに彰《あらは》れしと　帰りこし君の吐く息の白かりし日

越年

うつ音の霰にかはるたまゆらの見しことなけれ小夜の中山

口ずさぶ「またこゆべしと思ひきや」越えがたき狭谷《さや》の見ゆるやうな

ひしひしと耳のあたりに旅情《たびごころ》か風も樹木《きぎ》も大つごもりの夜

除夜の鐘に騒音の苦情ありとよ大いなる風の吹き渡るべし

金閣に火は放てども掩ひても止まざりし耳鳴りのあらんか

千年の夜を憶ひ長夜をおもふ吾《われ》が独りの夜の果てなし

初空も二日おくれと年ごとに祈《ねが》はむことのかはりゆくらし

雪国にたまものなればそとへ出て蒼空《そら》をあふげる鳥のごとくに

たたなはる雲と思はむ薄明かり朝けの湯気が立ちうごくなり

朝夕になれぬ暗さも慕しさとかはりゆくらし久《ふ》りし障子に

笑まひゐる遺影に対へばあらたまの祝言《ことぶき》さへに耳あたらしき

参道の松のしげりの間《あはひ》よりひとときは邃き空ものぞきし

火の番は拡声器もてさけびをり黒蝶のおそろしく舞へるを

雲間より洩れるひかりに高層の窓のひとつはことにかがやく

大川の橋の上より満々と流るるみればみづに逢ひたれ

有り難き光あつまるひとところ銀鱗うねる白蛇をみて

荒海は河口の彼方《あなた》ゆめのまも太鼓を打つと穏やかならず

手品

蕎麦の花におどろきし丘陵《をか》春なればいま一面に菜の花が咲く

三人のことに老婆の不思議なれ小さくなつて菜の花へ行く

菜の花のむかうはま白き山脈《やまなみ》だれもが写真を撮りたくなる

菜の花を出でし紋白蝶《もんしろ》忽ちに二つ三つになり手品のやう

展望塔はシルクハットの形すこしかしげる仕草さへある

黒ぐろと野焼きの跡をつきおこす葦の芽立ちの何あらなくに

帰らざる鴨か二羽して漾へりゆるらかにひく水脈《みを》の交はる

朽ちかけの小舟が一艘たぶん蘆原のどこかに櫂の片しも

白鳥がさくらに覯《あ》ひける碧《あを》きみづの潭《たん》といふ所かと思ふ

帰るさのそらを雲雀のこゑ降らす浮遊しはじめさうな車に

由縁

炊きあがり湯気たてるもの供ふるはなんの由縁《よすが》と思へばけさも

はつなつの思ひがけなき明るさの鈴《りん》の音ながき音叉ににたり

落ちてゐるひとつ白きの廊下にも布かひかりか念ひ溢《こぼ》るる

ハルゼミと言はれて気づくえにしかな聡明なる白妙婦人に

五百年に一度の地震おぼゆるは或る日の母が優しかりし事

彼処にて待つと言ひたつなけれどもけさ朝顔の藍の潭《ふか》かり

円錐の先端さびしはつなつはルピナスの塔、藤の逆立ち

葉桜の公園をぬけて自転車に思ひ出でたる憂ひかあるやう

自転車のチューブを水に浸したれ由なき泡の現はるるみゆ

あふむけ

遠縁の会葬にきてとほく看るうぶすなの山はかはらざりや

出棺に手ちがひがあり遅れしを詫ぶる喪主なる人の半白

覗きしはどちらであらういつせいに花を手向けて生気なき貌

ちかごろは怒りやすくと聞きをりし花などいらぬ臭くてたまらん

泣き出でし幼児の声が振《すく》ふとはまこと神なる存在《もの》かも知れず

蟬も小鳥も死ぬときはあふむけか吾が父はうつぶせに去にき

医学的には正しきとうつぶせに夜は寝ねけり日野原博士

一日が昔はもつと長かりきとむかしの人も言ひけるものか

「天球は走馬灯なれ」惚けたらむ我が裡なるコペルニクスいふ

ガリレオの望遠鏡に花びら流れ　いつさいは思ひ出ならむ

夕狩り

「見えませんか、やつの目玉が動いているでしょう」
「どこにだ？　なんにも見えん」

ルナール『博物誌』

清貧も豪奢もなけむ今日の菜買はむとものの値を比ぶれ

夕狩りの何処《いづこ》へ行かうバーコードをよまれし糧を袋につめて

風知草もしらざる小路プランターのアネモネが目を瞠りたり

夕光《ゆふかげ》はさくら横丁に入り逝けるひとの俤《すがた》を蒐めてひさし

たはむれに母を背負ひし人ありや貧寒とわが町を見返る

眼鏡店に「補聴器あります」とあれば何ぞひそかなる器官を想ふ

うぐひすを真似るものなど居るまいに辺りをしきりと俔《うかが》ふ尾長

二度啼きてやみし鴉の頓声にはてぬ念ひをあづけて帰らう

歩めども行き着けざるは夢の路ゆふべの道の何ぞ遥かなる

山霧

老人《おいひと》の安否をとひし回線に聞こえてゐたるマリア・カラスは

階段の密かにあらむ駅のエスカレーターの足すくむ高さ

われ知覧に行きしことなきあるときは眼下におびただしき灯を瞰《み》て

高層の窓にもみたる穏《やす》けさは降りくる雪のなほ闇へゆく

月面のやうなる痣が頬にあるひと会計士と名乗れるぞよき

数学は苦手ならずも馬齢かさねて回忌なるものをかぞふる

名にし負ふ死火山なれば殺伐の景色は廻り舞台のごとし

そのときの霧は生きもの足引のベルクの歌劇「ルル」の悲鳴が

遠雷を真下に聴くは侘しきかかならず春の雷にもあらね

朝の陽はひかりの滝よ幸福は平凡なりとトルストイ伯

「水やりを忘れないでね」小説はもう四半世紀読んでをらず

鬼ゆりの草叢に咲くくさむらは後姿のうやむやに消む

朝日に煙のやうにたち昇るもの　この草叢は何してゐるや

廃校かこんな閑かな学校へかよふ子供がゐると思へば

山々はとほくに暮れて山の端にたまきはるとふ枕詞《ことば》を愛《を》しむ

ひたひたと真闇に入らむ心地して山の宿には暮れて着くべし

繭のとき

高原に生まれ高原に死ぬる蟬の声《ね》がサービスエリアに清か

息せきて結尾《コーダ》にむかふ法師蟬のかたち崩さず啼きをへにけり

ひとけなき居間を観うまのゐぬ厩を観てまはりしは庄屋跡にて

居間のならびに厩があれば馬の尿《ゆばり》のおとに目を覚ましけむ

光前寺ひかり蘚《ごけ》とふ岩穴より燐のごときの寂しきをみぬ

花の名をいふ人あればおのづと耳を欹てたり　レンゲショウマ

駒ヶ岳の頭《かうべ》をかくす雨雲のこの二日ほど晴れようとせず

九十九折を登るバスもそのさきで待ちゐるバスもともに点灯《ひとも》す

揺るものは帰りのバスが山路をさながら情《こころ》ありげに下る

バス内《うち》の繭めく思ひをゆり醒ます何あるとなき白檜曾《しらびそ》の谿

バス内に籠もる人ごゑ深谷の底より霧のたち昇るみゆ

朝霧の八重山かくすおのづから懐ふ愁《うれ》ひは人に知らせず

いやましに繭籠るなれ人馬ならぬ人とバスとが一体のやう

天上に脱けるかとおもふ日本一のケーブルカーはおそろしく急

すしづめのロープウェーには窓に対ひすずろに話すガイドがをり

選ばれしものにあらねど方舟《はこぶね》に閉ぢ籠められて息つぐやうなり

標高は二千メートルさらぬだに孤りを披く彩《いろ》の花々

晴れし日のパンフレットを手に幻のごとき千畳敷カールに佇つ

ちんぐるま、小梅蕙草そこはかと図鑑にたしかむ徒然の人

「あの空を見られなかつたね」帰るさにふと呟けば「さうね」と応ふ

果　実

裸婦像が立つ公園のひるやすみ制服姿のものは憩へる

新緑のとどろく真昼たはやすく日常《つね》なるものの歩みゆけり

枇《び》杷《は》の果がたわわに実るむかうのは杏、おそらく名も知らぬ果も

公園を刈り出だすべく球形や方形を造る老人がをり

雨の日のシーツを干せばこの部屋に草莽の土を匿ふごとし

梅雨曇りながれもやらず雁木街に値もしらぬ漆青の服

ふたたびの夏か来むかふブラウスの白き遺影のひかりを慕《こ》へば

スーパーの前に仔犬がつながれて主《ぬし》の心臓発作を慮《おも》へ

雨の日の店に列べる桜桃の灯もおごそかな祭りのごとし

窓

回遊の天人が羅衣《うすぎぬ》のなかにて足投げてありいかでわが恋ふ　森岡貞香

裏窓がひらかれてあり長雨の霽れ間をのぞく蒼空《そら》を北むけ

ひとけなき窓に垂れたる凌霄《のうぜん》の蕊ことごとく上を向きをり

浮遊せむとすらしこの窓誰がために開かれてあるといふでもなく
翳のさすあたりに泛む一対の白足袋のやうに見えてゐるもの
ときならず舞へるをみなの袖裾を翻しつつかたどるならず

飛天はエアプレインにあらざればもとより型式《かたしき》にかかはらぬ

夏雲のごとく立ちたり何をかは掃はむさまに足踏み鳴らす

たひらかに扇をかざし歩み出でぬはじまりの如く竟りのごとく

薔薇の花になにごともなければ蝶の舞ひ上がるそらがあると思へ

空《くう》を牽き寄することは容易だが凧の揚がらぬそらを莫《さび》しむ

美容院の鏡に映りしつかの間の無音《ぶいん》のそらを恋ひつつをらむ

街中をすずろに歩む翳ふかくそらは独りの夏に入りたり

火星

この夏は火星がちかづくらし氷と焔と詩人のいひける

氷塊に眠れるものを目覚ましむ温暖化とは世にいひ広げ

ずつと火星と思ひをりしがじつはと、彼の女徒《ひと》然草が嫌ひ

皸《ひび》われの軍歌のしらべ爆走の旗の車を怪しまむとす

震災の跡を見に行くといふ四畳半に住みつづけて何年や

漂泊のいかにあるべき詩を書かぬ詩人などにも問うてみむ

照り年の乾ける土も憶《おぼ》えたらむ曼珠沙華たがはずに咲き出づ

酒酌めば男さびすと天武紀の「熒惑《けいこく》月に入れり」とあるは

天然杉

聖画めく光の帯がもれ射してくもれる天《そら》を嘉するごとし

彼のひとも沖より視けむ佐渡ヶ島ほとりを幽かに動くものをり

フェリーの上《へ》を旋り止まざる鷗らは今し挿頭《かざし》のやうに見ゆるも

二千八年野生復帰を祝ひにし朱鷺の野性の行方いかなる

集落のひとつは過ぎぬ一摘みの塩の言葉を車窓に残し

緑濃き佐渡のやまなみ馬首《うまくび》といふ集落より車は上る

馬首《うまくび》といふ名の由来物語れ　ときじくふりかへる吾《われ》が馬

シベリアの風に耐へたる杉の樹の撓むなどといふほどにあらず

役だたぬ樹と思はれしがはしなくも天然杉と呼ばるる倖ひ

奇怪なる枝ぶりを写真にをさめとりとめもなきは吾が懐ひ

いかなるものの憤怒か自然《じねん》より逆立ちしたるごときさまを瞻る

罪なくて配所の月をみむといふ伝ふべくもなきこがねの花か

世阿弥『金島集』

薄着をば悔いつつ道を登りきて希みのごとく霧に遭ひけり

逢ふべきにあひ見るべきをみたらうと薄むらさきの名も知らぬ花

寒ければ車の中で食《じき》をとる窓ごしにくろもじの花を見

合図

この先へすすむともはや戻れぬと空港にある掲示に見入る

「まもなく離陸いたします」なにごとか優しき声にきはまるらしも

挨拶か合図か知らね地上より整備員らが手をふり見送る

すみやかにあまたの者を運び行くかかる人らの笑顔を見たり

酸素マスクの使用法なめらかに説ける女性は実演まじふ

飽きるほど繰り返したらう必携の笑顔もともに速やかなりし

雲海はうごかぬ波頭を浮かべをりもう北海道に着くといへ

動きゐるくるまが今は蟻のやう一人のガリバーもをらぬ寞しさ

ほつけ

なぜ天を仰ぎ啼くのか丹頂の違へるものは一羽もをらず

すべからく我らがものは遠くから観るものだよと丹頂いへり

回遊の魚群れのごとにはかにも海鮮市場に充つる異国語

啄木が歌碑をみに行く縁薄き地であつたらうさればなほさら

居酒屋のひとごるゑ「ここにも津波が」「ほつけの頭は見たことがない」

走りても走りても未だ湿原　歌人《うたよみ》は推敲をはじめむ

歌人《うたよみ》は鼻から夢をやぶられて車窓に牛の姿を覓す

旅人に乳搾らせてオメガなる牛の目玉は何やらシュール

毬藻

湖にちかづくらしも白樺のしるくなりたり悪路ものすごし

何を秘むといふなけれど摩周湖にうつろふ雲のなんとも鮮明

さしあたり曇りのとざす野の涯に明るみあり道は一直線

霧晴れて夕やみせまる阿寒湖の畔をあゆむふたつ影黯き

細緻とも思へるほどにひそかなる岸に寄せくる小波のある

雲ひくくしづかにたれてしろじろと遊覧船は湖面を航る

「マリモの歌」ながるれば白き船の帰るべくして岸へと返す

茶碗などにてもあることおのづから毬藻はときに喜びうごく

ゆふべに岸よりながめし湖をけさは船の上よりながむ

火祭りの踊り

火祭りの踊りをみてのかへるさを繊き月影そらにかかりて

たまかづら血統《ちすぢ》をつたふる黒髪を晒すむすめの踊りをみたり

絶えなむとするもののあれ火祭りの褻《な》れし踊りは旅人のため

贄としてささげむ仔熊ひとの輪に牽かれ来るさま映像に遺る

石畳あゆめば漏るる店明かり昼にあらざる金のしづくに

朱夏にあふふゆの寂しさ木漏れ日のかげろふ楡の下の旅びと

人けなき神居古潭《カムイコタン》の駅舎跡かそけき昼のときを歩みき

石窟《いはや》などたづねあるけば夏草のしげるもなかに道はまどひぬ

古代はす

遠目にも白きはなにと萩の花に近寄りてみる夏のさなかに

豪農の館は博物館にて無縁のひとも訪ね行くべし

十六間半の丸桁会津より船で運びけり廊下の長し

おそろしく急な階段を昇れば帳簿類などが積まれてあり

土地台帳、作徳取立帳、水入帳は借地のことか

累代の当主、刀自らの写真などながめてなにか感銘のある

庭にむく旧きガラス戸ほの暗きに一面はすの花が泛べり

花の色のこの世のものと思はれず泥池などをさし闚《のぞ》きけり

二千年の眠りより醒めたる花ひるの刻《とき》うつれば仮眠せりと

庭の樹に来啼ける鳥よ真実の時間《とき》といふものがあるやうなり

人の時間、動物の時間、或いはほかの時間が往き交ふ庭か

猿

国民、臣民、人民ならぬ常民といふことあるらしも
われ耄老《パー》人にあらねども道にある毬栗を杖で打つべく

この道に句碑歌碑あまた在るふしぎ木漏れ日が墓地よりも寥しく

気がつけば高きに登りきたるなり木の間をすきて遠き市《まち》みゆ

公道にて猿と出遭ひぬ単独のものどうしなる黙《もだ》を交しき

現《うつつ》こそさびしきものと風情ある黙《もだ》に遇へるをなにか憙ぶ

何者といふ目で睨み返すなりあらざらむ世に遇ふ心地せむ

菓子などを投げてやりしを恥ぢゐたり侮蔑ににたる横目をくれぬ

もしかして首《をさ》なるものと垂れさがる並々ならぬ陰囊《ふぐり》を瞽ては

音楽の羨しきろかも鳥ならばほかの交歓《よろこび》もあらむものを

白樺か後の世の樹か立ち枯れてなほ赤松と呼ぶべくあはれ

一樹狂へどよろづの木狂はずとかかる山路に思ふものかは

おもひのほか短かからむ人間《ひと》といふ種の衰世などを慮ふべく

しだの掩ふ斜面をよろこぶ一帯に菊の小花が星くづのやう

列なしてガードレールに止まれる茜蜻蛉《あかね》やはり一斉に発たんか

運動着の女生徒たちに追ひ越さる小猿のやうに笑ひ合ひけり

露の鞄

秋くれば聴きたき曲ときみがいふ象《かたち》なきもののつつがなしや

万年筆のブルーブラックつゆけきに念ひのほかのことも出で来ぬ

朝露を踏みてかよひし日々《にちにち》の賢治が提げし鞄を想ふ

蜜をすふ蝶のかるさは明《さや》かにもあの花頸のうなづくふしぎ

芙蓉花を離れし蝶の酔ひ覚ましわれが散歩に先だつごとし

高架より垂れる葛花トンネルの中まで延びて紅《いろ》鮮しき

虫の声《ね》はテレビからかとよるべなく金剛界も惑ふをりふし

つゆくさのあを鮮しき池にすむ鯉も脱皮をしてみたからう

背嚢といへばなにか器官めくも君たちがいま背負へる鞄

秋の日の黄いろの服が目に沁むとさぶしきものに故郷《ふるさと》の蝶

目をひらくころか聖書を伝ふなる婦人《をんな》が二人きたりて門《かど》に

ペット店《や》の娘《こ》に怪しまるるり色の空に小鳥の声《ね》がやかましく

アパートの窓辺の空もとほく清むツリフネサウをきみが語れば

黄金いろの村を過ぎなむたれかれと満ちたる時のことを言ひあふ

その一歩は大地の外《ほか》とひややかに田の面に充てるものの出で立ち

とつぜんの贈り物いや何時だつて人のしらざる事を為果《しおほ》す

ひとかけの鳥さへみえぬこの村に日に一便のバスは来るのか

滝

今年とて愈々とほくなるばかり黄葉《もみぢ》せる橅などをながめて

雨つづきのお天気にて紅葉《こうえふ》の色の冴えぬを言ひあふ者ら

とりどりの葉の色合ひを誉めむとてグラデーションは聞きよからず

滝に遭はうとすればけもの道に分け入らねばならないといふこゝろ

むらさきに野菊の群れるむかうから厲しき音が聞こえてゐるも

轟々と滝は音たつひそかなる秋のこころを慊《うたが》ふべしや

「落ち葉が滝に向かつてゆくやう」あなたもやはりさう思ふなら

亡き母もわれも辰年白滝は一向きに棒立ちの如しも

滝のしたにて思ふやう滝の下《もと》で逢はむとはいかなる約束

滝のまへを鬼やんまが横切りつ一瞬ビルの影顕ちにけり

天上の落し水ともなにかしら刈入れどきの来たらむ思《おぼ》ゆ

何ごとか言ふものあれど滝音に消されてをかしきことのやう

子がゑがく魔法の円は蒿苣の木の時間が落つる圏かもしれぬ

曲げえざる心か逃れえぬものか風にかたぶく滝を瞻しとふ

車窓よりとほくながむる白滝は音もきこえず夢にかにたる

夕照を追ひかけてゆく飛行機が落ちてゆくやう何かいはねば

菊祭り

菊の花にとどく精《ひかり》はうすむらさき鬱蒼と杉の隙《ひま》より洩るる

ながめつつ往きかふ人のこゝろ謐《しづ》か何はばかるといふことなきに

遠くより来たるなけれど菊の花の清《すが》しき精に囲まれてゐる

金賞の札かがやけどゐひもせす日のうつろへる午後にかをらむ

育種家に産み出だされし花たちの仄かなる馥《か》はいづこに帰る

菊花にてゐがきし野山きちがひの画にあらざれど胸走りする

花描派ともなのらむ画家の伝はらずなりけむかロマン派の末に

空白の青春時代「花はどこへ行つた」といふ歌があつたな

花はいつ華にならうか参道に整斉とならぶ黄菊、白菊

刎頸の交はりといふ花首を失くしし鉢がそのまま措かる

ひとつなる大輪のはな思へればいかに重たきものをささへむ

菊祭り見はててあゆむ家路地の玄関先にも菊鉢がある

紅葉谷へぬける小路を歩みゆく霜月はまだ虫のこゑきく

黒きまで濃きくれなゐに色づけり白きの混じる過ぎたるもあり

知らせたきことのあるやうかへるさも彩濃《いろ》き山をふり返りみる

内臓《はらわた》のやうにも彩鮮やかなる山をしりめに車を駆りき

ネヴァ川の鯊釣り

何やらむ秋明菊のみ蕃《ふ》えにしかただ白きものの降りる場として

昏れはやき庭をよろこぶおのづから秋明菊の秘かなる刻《とき》

ふた親の忌日をかさね深むとはいつの秋なる天《そら》は高しや

水鳥のはやも来たるかうつつより夢にかかよふ宙のこゑ聞く

サイレンが遠くにきこえ熄えゆけり夜はあいなきものを咽《の》み込む

「火事だ、火事だ」と歌ふ老人　ハバナには燃えつき易いものばかりとよ

映画『ブエナ・ビスタ・ソシアル・クラブ』

信州の落葉松がもう独り居を焚けよとばかりに旅の広告

画布《キャンバス》を追ひ立てる疾風《かぜ》ゆくりなくアルルの画家の憤怒がうかむ

鯊釣れば鯊は鳴くなり飛行機がまぢかく降りる空港近き

釣りし鯊をつくづく視つむどこかにこの世の終りはあるのだらう

張り合ひのなき釣りに倦むあはれなるこの小魚の大きな胸鰭

まつすぐな滑走路なり轟音のとだえて蘆の風もどりくる

夕靄の底に大ビルディングが、と『春琴抄』の一節《いっせつ》のみが

何の風情も知らぬげに流るるを吾がひそかにネヴァ川と呼ぶ

現身《うつしみ》は川のにほひがするといふモーパッサンの幽霊か棲む

なぜ大きな掌をしてゐたのだらうか『父と子』のあの優しき娘は

青い花

冬近きしづかなる日をつぎつぎに上昇せるもの　雪虫ならぬ

白鳥のこゑせり夜半の宙を行くおもへば聴きしことなき声に

トレドなる空をあなたが写しきとふ薄き画面のその紺碧へ

斜歩行《パサージュ》を馴らすアンダルシア馬の蹤ゆく音もきこゆる

真夜中のラジオは放恣なるべしや時じきものに昭和歌謡史

艱難は遠くにありて到《とど》かざりたれか故郷を慕《おも》はざるとよ

いまは亡き田舎の家に狂ひたる叔父が唄へるカラオケきこゆ

亡き父とともに唄へば忘れじの世紀うれしやナタリー・コール

ロマンとは何かと問ひて窓の外《と》をみやりし教授《ひと》のその後をきかず

馬術部の馬がひとりでに歩みたり大講堂は哲学の時間《とき》

本物より綺麗といふ複製の美術館《ミュージアム》がどこぞに在るらし

「世界は夢となるだらう」といひける詩人に今日《けふ》のテレビ見せばや
ノヴァーリス

青白きひかりの束が抜け出づる小窓のありき映画といふは

投票券棄てたればはや曇りたるポーのまなこが宙《そら》へ筒抜け

目を閉ぢてをれど想ふは夢の本『発心集』なる書は出でむものか

星醒記

どつときて颯《さつ》と散りゆく雀らの刈田に目醒むるものかをらむ

辛卯の意味を知らざり身をもつて識りにける因幡の白うさぎ

ああ人は馬にも劣ると、兵なりし彼の歌びとの言葉忘れず

帰るさの潟辺をゆけば慮外なる笑声の水禽とおもふも

霜月の空に羊の群れ出でてヤマダ電機を呑み込みにけり

公園の錆びて凍てつく檻の中に孔雀は羽を披かむとをれ

なまぐさき臭ひを引きて猫帰る汝《なれ》も肉親《うから》とおもはむ夜なり

蛇や蠍も星となりしに不精げに宙に背中を丸めて寝ぬる

とはにある象《かたち》といへど寒空に宙返りしてゐるか小熊座

本の迷子と言ふらしも図書館の定位置に見つからぬ

語られぬ未来の神話　星辰がみな不可思議のおもひを懐く

『星醒記』

山中智恵子歌集

栗鼠の歯の少女かをらむ夜の中に林檎一顆の無くなるといふは

極月の水がながれる河原に小走りのハクセキレイをみつ

蜻蛉も蟬も蛙も土のなか　われらにまたと甦《かへ》らぬ冬を

足を繋がれてペット店《や》のアメリカミミヅク目を閉ざしをり

スーパーの魚は燭光《あかり》にオパールの眼を瞠りたり復活祭《イースター》なり

ただいちど山で出遭ひし羚羊のその眼差しが忘れられぬと

小さなヴァイオリンが欲しいといふ箱庭に棲むあの娘《こ》はたれぞ

衝突もせずに群鳥われらはやつひに触れえぬものを慴れむ

一人ひとりが孤独の宇宙なれば妻はや社交ダンスの俘

鐘

かきくらみ吹雪ける市《まち》のなかぞらに何の大聖堂《カテドラル》か現れぬ

「ここには何処へも行かぬ風が舞つてゐるのだ」と、ノートルダムははや

ロダン

誰もみな小さき燭を懐へたるただ往きかへる人の影なる

雪国をはじめて識つたと駅前でタクシーを待つ列の婦人の

モカコーヒーを買ひにきて仏壇の昏き明かりのために燐寸《マッチ》も

紅き玉、黄金の玉の出でたらばこの寒空に福引まはす

あなた

あなたの後悔のような手編みのセーターがまだ三枚もある。　財部鳥子

警策のごとき音たて新聞を投げ入れてゆくあけがたのひと

逝きてはや七年になる家人に今年も賀状をくれし人あり

雪のなき正月にして落ち着かずといふ人あれば雪を懐ふ

はじめての緑といへば雪のなき狭庭の土の水仙ながら

暗色にうつむいて咲くクリスマスローズ古りにし姿見の香

冬薔薇《さうび》クリームいろの凍ててなほ有るその色を何と呼ばうか

少年の凍みたる沼を渉りしはまさゆめ　それも老いて憶《おぼ》ゆる

晩げには寒気がこむといふ朝のにはの草木に薄日が射せり

くれなゐの林檎がけふも卓にある夜の挨拶は〈汝はいづこへ《クオ・バディス》〉

成人の日の昼すぎに降りいでぬ思ひ出でたるやうにいつとき

いちだんと冷え愈りたる宵われの知らぬ真夜中に降り積もれ

カーテンが真白き庭を駆けゆけりはづむ心のわれならなくに

あかねさす紫野ゆき標野ゆき何ふるらむか見知らぬ人よ

七回忌の報せがあればからくして数字がむすぶ縁《よすが》をおもへ

朝おそく雪を散らして鵯《ひよどり》がひさかたぶりに逢ふかほをせる

朝方の廊下をつたひ舞ふやうに雪のふるなか厨にむかふは

神仏を拝《をろが》みもせず一向《ひとむき》にあなたにこゑかく　あなたは誰

後記

標題は「歌うように《カンタービレ》」の洒落のようなものだったが、歌集の題名にしては反省的に過ぎたかもしれない。ついよけいなことを考えすぎる癖は容易に抜けそうにない。あとがきなど淡々と短い方が好いのだろうが。

鰭は、古代では「はた」といったようだ。それははたして何を指すものだったか。「鰭《はた》の広物《ひろもの》、鰭《はた》の狭物《さもの》」などというと、部位をあらわすというよりは、その胸飾りはなにか幡印《シンボル》めくだろうし、或いは「羽振り」とか「位」といったことを思わせるかもしれない。

辞書には、魚類や水生哺乳類の遊泳器官とある。両脇に開いたそれはソナーの役目もするというのだから、最も鋭敏な部位にちがいないが、しかし私が知りたいのは、さしあたり外界には用事がない場合のことである。無為のための器官（それをちょいと動かすのさえ、何とも新規だろう！）思いそこになくある。遊びの、癖、痙攣、こころ逸り。

それとも大海《わたつみ》への日ごろの挨拶・・・聊か紫色がかっている。

松の間の空あをくして沈黙の久しきを砂の上の小扇　前川佐美雄

「朝羽ふる、夕羽ふる」は、風や波の形容というのだが、想像力にあふれた内的表現のように思える。鳥や魚たちの、はためく「生命の躍動《エラン・ヴィタール》」が感じられるし、それよりも何かこの世のものならぬ存在の羽搏きをすら想わせる。さしずめ詩人の手にかかれば、どんなものにだって羽根が生えるだろう。羽子《はね》日和という正月の季語があったようだが、庇の下の劃られた路地に向かって中空を真直ぐに降りてくるのは、点睛というものではないか?

耳と夕焼わが内部にて相寄りつしづかに鰭ふるこの空尽きず　浜田到

古代の女性は、「ひれ」という肩布を身に付けていたらしい。長いストール様の薄物で、よく風にひらめくという。別れを惜しむ際にはそれを振ったとも。素戔嗚尊が放った虫の毒から大国主神を衛るべく、妻の須勢理毘売《すせりひめ》が与えたという比礼《ひれ》は、また別なのだろうが、いずれにしてもそれは、「揺る」ことにより効力の顕われるものらしい。

吉野山梢の花を見し日より心は身にも添はずなりにき　　西行

「うたう」というらちもない行為は、次々と勅撰集が編まれ様式の定まった平安時代でも、なお何かしら根も葉もないことであったのにかわりはない。人の心を種としてなどというばかりで、それこそ歌の一節《ひとふし》のようにたわいもないことが、歌学者の識見をもってしてもその心の揺れを捉えがたいのである。

最初の和歌が素戔嗚尊によって詠まれたというのは、意外というくらいの事でしかないのだろうが、天つ国を失墜した神が歌の始祖であるというのは、何か意味深いことのように思える。詩の王国から転落したれいの詩人のことをつい思うのだ。「それは危機であるか、力であるか?」と彼は言ったものだが。

素戔嗚尊はもとより神話上の存在であり、歌を詠んだことも言い伝えに過ぎないわけだが、しかし、伝説からはしだいに肝心なことは脱落していく。人はただ三十一文字を指折り数えるようになるのだろう。何しろ高天原を追われた身では、高貴な出自もただ恥辱でしかなかろうし、出来損ないの神などというものはだいいち前例がない。つまりは何もかもが、新規である。およそはためくものもなく、ただひがひがしい心しか持ち合わせなかったろうが、それでもあの破天荒な神にも一時《いっとき》は、こころゆく時があったのか、「ここにきて吾がこころ清々し」と言ったのかと想えば、おのずと目頭が熱くなるようである。世辞一つ言えぬ神のことだから、それはべつに土地を褒めたわけではないだろう。

飛躍した話のようだが、私はいま、「歌はわが玩具」と言った、あの近代歌人のことをふと考えているのだが、彼もやはり何かから失墜してきた者だ。今日でもあるいは歌は命とか魂とかいう者はいるかも知れないが、そんな由無し事を言う者はいないにちがいない。

神話に類する話は、戦後の我が国ではタブー視されたというと通りが良いのだろうが、今日からすると本当のタブーというのは、外にあるような気がするだろう。天皇は依然として不明な神事を続けておられるにしろ、われわれはそれをニュースで知るばかりで、政治や芸能やスポーツなどのニュースと一緒である。情報には選択があるとしても、付合《つけあい》などという風流心のあるはずもない。

そもそも、なぜ知る必要があるのか。忙しい朝のパンを咥えながらも知る必要があるものとは？　いかにも素朴な反省的な問いである。まこと賢者が言うように、皇帝のことは皇帝にしかわからない。わからぬことはわからぬ儘にしておくのが良いのだろうが、しかし情報は知らせるのが使命であり、その反対が良いなどとは、自らの存在証明《アイデンティティ》に関わるだろう。

皇帝どころか、われわれはお互いどうしをすらついに知り得ないのだろうが、しかし、はたしてわれわれは真に孤独を知るものかどうか。誰もいない部屋に独りでぽつんと点っているテレビなどは、どこかにまぎれもない孤独が潜んでいる気がするが、そのような慄然とする光景も、一昔前の人たちの一歩距離を置く良識ある態度と同様、今ではもう懐かしい心象風景なのかもしれない。

凡そ情報化社会は、或る種言語の「資金洗浄《マネーロンダリング》」のようなことが欠かせないものだが、あることとないこと、良いことと悪いこと、それはどちらでもよいのだが、肝心なのは自動読み取り機を通すことである。その必要性については私も再三考えてきたところだが、おもわず口籠るとか、にわかに口調を改める、歯に物が挟まったようだとか、顔色が変わるとか、いずれそうした怪訝な態度は、いちど洗浄を要するだろう。なんと善いものであろうか！　あの悪い記憶さえ、悪いながらに、良いものに換えてくれるという。誰にも明かせぬ胸のつかえに日ごと悩まされない者などいるだろうか？

さらにこの変換機のめざましいところは、見たところその前後においてとくに変わったことは何もないことだ。できることなら私も、その誰にも気づかれぬ変化の正体、手品の種《タネ》をはっきりこの目で確かめたい気持はあるのだが、ミイラ取りではないけれど、どうも何だか気乗りのしないこともある。そこを通過したからといって変わったことはないといったが、はたして本当にそうなのかどうか？　ひょっとして人知れぬ形而上の変化が起きているのではないか。身の廻りで起こるいろんな不審なことは、そこを通過したからではないかとさえ思えてくる。すぐ手元にあるものになぜか容易にたどり着けなかったり、残すべき記憶が一瞬にかき消えてしまったり……なんだか周りの空気が希薄になったように感ずるのは、たんに気のせいか？　よく見ると、なべて物に何か符牒《コード》のようなものが付いているようだ。何の売り出しかある建物の前に長蛇の行列ができていたり、先日は銀行の自動支払い機がとつぜん動かなくなったとかニュースで報せていたが、どうやら犬が躓いた程度のことでも大騒ぎになることがあるらしい。その度にいちいち専門家を呼ばないと理解できないことのようだが、専門家はしかし「群集心理」などと言うばかりで、肝心かなめの秘密を教えてはくれない。物事は不思議なほど煩雑だが、しかも生活の単純化と複雑化は、まるで車の両輪のごとくである。

それは文明社会が登場した時からさまざま言われていることなのだろうが、その規模とスピードの点でとうてい今日の比ではない、というより、何よりそれが方法（言語）

に関わる変化である点にこそ現代性があるのだろう。文学なども それを風俗などと言ってはいられないわけだが、しかし今ここで問うているのは、一般的な話ではなく、詩語である。わけてもとくに「歌」のことだが、最近ある短歌雑誌に、「短歌にとって悪とは何か?」といった大きな見出しがあって、思わず辺りを見回してしまったが、私の関心はいずれそのような突拍子もないことである。

短歌のような本来口承的な伝統に根ざすものが、今更のように「読み」というものが大事だなどと言うと、何となく茫然としたような気持になる。さらに「読み」により新たな作品が生まれるとか、真の創作主体は読み手であるといった、ナイーブともラジカルともつかぬ反応も何か殊更な気がする。

短歌は主語を欠くためか、かつて私は和泉式部の「あらざらむこの世のほか」の歌を、とんでもない解釈をしていたことを思い出すのだが、私はその歌をランボーの、「私が亡くなった後の世界は、私が今見ている世界ではないだろう」といった意で読んでいたものだ。どこでどう行き違ったのか。おもうに異なる精神どうしがすれ違うそうした秘かな場所には、何かしら短歌にとって、否たぶん詩にとっても、いたって喫緊の要事が、危機がひそんでいるように思える。

現代短歌史を論ずる者は、「しらべ」について述べ始めたとたん、俄かに足元がおぼつかなくなるのを感ずる。恰も、リアリズム小説論がドストエフスキーに至って筆を絶つしかないように。そこに一つの暗礁《デッドロック》があるのはたしかで、短歌史の場合でいえば、それはつねに「知る」側、「視る」側の立場によって一方的に支配されてきたということなのだ。「知る」ことこそは言葉の本分である、という大義のもとに。そうした「知」の力なしには、歌は自らを語ることさえおぼつかない。かりに歌が自らを語るとしても、それはあらかじめ相手の顔色を伺ってのことで、いったい誰が「しらべ」などというかたちもないもの、意味の彼方にある暗示的な呼びかけにすぎないようなものを、唯一の対象として差し出したりするだろう。尤も、どうやらそのあたりに何か短歌史におけるブラックホールのごときものがあるだろうとは誰もが感じているようである。

　モーツァルトは、自身のオペラに愚にもつかぬ台本を択ぶ理由を訊かれて、「台本が高尚だと、誰も音楽を聴く暇がないだろう」と答えたという。あるいはまた妻への手紙に、「君のママの場合は、オペラを聴くというよりは観るというほうだろう」とも書いているが、そんなことはおよそ誰にでもわかる話ではないだろう。それとも専門家には解るものだろうか？　その手紙をよめば、彼が孤独を意に介さなかった人間だなどとは誰も思わないだろうが、しかしもはや自らの為にだけ創作していたであろう、その晩年の「音楽」をきけば、何か翻然と羽搏き去ったものの影が目の前をよぎるようである。

画家のドガは、「いったい絵というものは、見られるために出来ているものだろうか？」とやはり妙なことを言ったそうだ。あるいは「デッサンは、物の見方である」とも。文学者は、ドガという人物の様々な逸話の方には関心があるだろうが、デッサンなどというと、それはやはり専門家の出番になるのだろうか？

それは魂とか精神とかいうより、何か第一義の事とでも呼ぶほうがよさそうに思えるが、それとも、「ソノ家々ニ秘事ト申スハ、秘スルニヨリテ大要アルガ故ナリ」と『花伝書』にある、その「秘事」とでも呼んだ方がいいものか？（それぞれの家に秘事というものがあり、それは「事」にではなく、「秘スルニヨリテ」大要があるのだ。）「謂ひおほせて何かある」と芭蕉は言ったが、それはただ実作者の感想、たんに一般的な話として済ませうる事とも思えない。彼は生涯一編の書もあらわさなかったが、『奥の細道』は何度も書き直していたというではないか。彼にとっての秘事は那辺にあるのだろうか。芭蕉の俳諧には和歌の流れがあるといわれるが、不易流行という言葉も、何かそうした二つの異なる精神の行きちがう場所に大要があるように思える。

キリストの言葉が美しいのはその対応が他に比を見ないほど新鮮だからで・・・・

永瀬清子『短章集』

かりに詩人が、詩は自らの人生にとって第一義のことであると言うとしても、そこには秘事めいたことは何もないだろう。だが「キリストは詩人である」と言うのは、それはおのずとべつなことである。そもそも神の言葉は詩語ではないし、詩人などとは瀆神もはなはだしい。だが、キリストの言葉が「他に比を見ないほど新鮮」であると感ずるというのは、それこそは秘事にかかわることだ。なぜなら詩人がそう感ずるなら、神などというものはいないのかも知れない。天つ国に御座す神にしろ、自然に偏在するものにしろ、或いはもっと全能の唯一神にしろ、そのような神はもういない。あるのはただわれわれの精神に内在する、〈神性〉だけである。そこにはおそらくとほうもない世界の転換があるだろう。

そもそも裁判官や医者や学者や僧侶や、そうしたこの世の理性に属すべき人たちが挙って自らの生業を「歌う」などということは、ドンファンや騎士のような者がいた時代なら知らず、およそ調和だの葛藤だのという実直な時代には、たとえ舞台上とはいえあるまじきことに思える。そうした良識を軽んずることはできないだろう。オペラの会話体《レチタティーボ》などに人が感ずる素朴な違和感、何か倫理的な途惑いのようなものだろうが、そうしたいわば現実との齟齬感、動揺のようなことにただならぬ気配を感ずるというのは、やはり精神が病んでいるということなのだろうか。なにしろ人はおろか、鳥獣虫魚にいたるまで凡そ歌わざるものなしという大らかな国柄であってみれば、新年の歌会始めにしろ年末の喜びの歌にしろ、凡そテレビのニュースで垣間見るだけではとうていその高踏ぶりが伝わるとは思えないのである。

歌は昔から自然をうたうものときまっているが、人間的な詠嘆にしろ、それは自然に託してうたう方がより感銘が深いことを経験が教えている。それはなぜかなどとは考えることもできない。自然から離れたとたん、それは錨を失くした船のように居心地が悪いことになるだろうが、つまりそれほどそれは歌の大要に関わることであり、いわゆる自然観などとは関わりのないものである。

『玉勝間』のなかに、散々苦心してもどうにも歌にならぬことがあって、それはしばらく放っておくと、ある時ふしぎとものになることがある、といった文章がある。作者はそれが天与のものだとは書いてはいないが、やはり苦心したおかげなのだろうと慎ましいことが書いてある。写実などという言葉は今日では死語に類するのだろうが、『玉勝間』の話はふしぎと新鮮にきこえる。

新しい時代には、ただ自然に託して歌えばよいというわけには行かないものだろう。人生詠、社会詠、思想詠…それはただおのずと詠えばよいものか？　だがどうしてもそこには居心地の悪いものがあるようなのである。それらは本来、あるがままのものとは相反する性質、あえて言えば文学的な意図をもつものである。いや、ほかのどんな歌にしろ、凡そ主義にも風潮にも門外漢の私が感ずることといえば、ただその妙な居心地の悪さなのだ。歌の大要に叶うには、やはりどうしても今一度自然の祐けを請わねばならないようなのだが、それはおよそ自然派が唱えるようなこととはまるで違った方法だろう。そもそもわれわれは、とうに自然を葬ったのではなかったか。それが、「自然ノ相ノモトニ」人間や社会的物事を観じねばならぬ今となって、そのじつに遠まわしな真の意義があらわれるかのようである。

芥川龍之介は「上手すぎる」という批評家の言をたいそう苦にしていて、「それはほんとうは上手くないのだろう」といかにも逆説家らしく言い返している。キリスト者のいうように、艱難は人を苦しめるためではなく、目覚めさせるためにあるのだといった、ありそうもない回心がわれわれのような心無き者にもあればよいが。

今では国歌斉唱を拒む教師のことなど話題にもならないのだろうが、我が子の初めての入学式で、その異様な光景にひどく驚いたと或る母親が述懐するのを聞いたことがある。そうした話を私は秘かに喜ぶものだ。この世界にはまだ人を驚かせることがあると。そうしてみるとその教師たちの思想的な行為は、大らかさを拒んだものであり、彼らが高らかに国歌をうたう日も近いのだろう？　そんなことはありそうもない話に思えるだろうか。しかし、私はいま詩神も話をしているのだ。だれひとり知らぬ間にその手が「歌」の秘事に触れたのだと。

言ふことをいちいちカルテに書かれゆく私の口調が文体になる　河野裕子

これは人生詠か思想詠か、いずれにしろこの倫理的な、人の意表を突く物言いの背後には、もっと思いがけない衝動が、或いは飛躍が潜んでいるように思える。すなわち、それこそが「短歌」ならしめているところの何かである。

嘗て先人がもらした「底荷」とか「観入」といった言葉にしろ、第一義の世界に放つものとしては、いかにも言葉が堅くて重たい印象なのだが、それはただ厳めしい顔をした大らかさのように思える。何よりそこには秘事の気配がしない。今日ではれいの機械との妙な親和性すら感じられるだろう。この際なにもことさら詩的で高踏的な言葉が求められているわけだはないが、ただちょっと機械の意表を突くような、気の利いた言葉が必要なだけである。「是非もない」とか「わりない仲」とか「身も世もない」とか、昔の人はじつに単刀直入な物言いを心得ていたようだ。

近世も近代も嫌ひ　ただ泳ぎ水を得た魚、魚を得た水

永井陽子

人の体の七割は水であるように、われわれが生きる時間のほとんどは、〈文学的〉な関心以下のもの、過去も未来もない、社会的歴史的関心の外なるものだ、と或る人が言っているが、そのような言葉に衝撃を覚えるのも何か奇妙に感じられるようである。すべての境は掃われている。「行く川の流れはたえずしてしかも元の水にあらず」と教科書の文章を暗唱していても、「流れる」とはどのような感覚か、まるで空の雲にでも聞くようである。

初めて大阪の道頓堀のどこにでもあるが、どこにもないようなネオン街を歩いていた時、ふと町の奥のどこかからブルース調の歌が流れてきた。それはしかし実際には聞こえていなかったので、とすればそれはやはり〈町〉が歌っていたものだろう。町だって、四六時中ただぎらぎら灯をともしているばかりでは堪らない。あの川波に揺らめいている、あかい灯あおい灯が恋しくてならぬ。なんという悲しい色だろう。あれをひとつ岸辺から引っ攫う手はないものか。どこかで時間の帳を入れ替える必要があるだろう。歩く、泳ぐ、流れる……ときにはその違いもおぼつかなくなるようだ。ひょっとして、戦禍の近くにいた平安の貴族もすでに覚束なかったか、それがあのいちはやき雅とやらに

奔らせた根源の動機であったのか、それはやはり判らない。

「水」は、歌に詠まれることの多いものだろうが、そもそもそれは形あるものとは比較にもならぬものだろう。「水」と「火」と、およそ反対のこれら形なきものは、自然よりももっと何か原初的存在を懐わせよう。初めにあったであろう「火」と、その後に生じたであろう「水」と。歌はやはり本来は声に出ると同時にかき消えてしまう、形なきものであったようだ。

短歌は、文学からも芸術からも遠いものなのだろう。誕生した時から何かしらの宿命を負っているかのごとき風、それは文学や芸術のうちに自ら身をひそめた時に、おのずから秘事となったものだろう。まるで別の星からやってきたもののように、常にこの世に居場所がないといった風情のものは、外にもきっと大勢あるにちがいない。

そもそも時間も場所もないところに不意にやって来るようなものが、いったいどんな歴史に関わるというのだろう。それは風景でさえない。「水」を撮ったあのソ連の映画監督は、何を撮ったものだろう。ライン川、黄河、千曲川……人の記憶や感慨を引き寄せるのは、その名前である。「水」はただ何かの象徴としか理解されないだろうが、しかし象徴ならば、文学や芸術の目をうまく霞めることができそうだ。歴史や芸術やカメラや凡そ記録にとどめようとするものから、いちはやく逃れ去るもの、それでいてはるか記憶の底ふかくに潜んでいる気がする。

　言葉にしてもそうだ。現実《リアリティ》は言葉の外にはないものだといっても、反対に、言葉はすべて心をあざむく利口の業だといっても、どちらでも同じことだが、それがかりに定家卿のような人の口から同時に洩れたとしたら（そういうことはあり得る）、そこではじめてその言葉はなにものかに、いや行為となるのだろう。言葉には、考える以上に曖昧で、不純なもの、不要なもの、人の知らない可塑性がひそんでいると思われるが、私は凡そそうしたものにしか情熱を感じないというのは、どういうことか？

　詩は言葉をどこまでも追い詰めることで、思いがけない出口に達しようとしているものかも知れぬ。前衛などというと、何かあの周回遅れのランナーを想ってしまうが、詩はあるいは目的ではなく、手段なのだろうか？　あるいは勝利ではなく、走りきることに意味があるのか？　あの声援はどこから聞こえてくるものだろう。そもそも目的も意味もないかも知れぬ。走り始めた以上はもはや止まることなど考えられぬとでもいった、その没我的な有り様……いちどに全てを失ったり、反対に一挙に全てを得たりする、あの昔話の老人のような仕合せな性情が身内から抜けないものか。

　歌人がとつぜん詩を書き出したとか、詩人が俳句の門をたたいたとか、いずれそうした逸話のような話には、きっと背後に第一義の世界の変事に関わることがあるような気がしてならないが、時代の流れは速やかであり、気に留める暇もない。凡てはあらかじめ知らされていて、意外と思うようなこともないのである。

「春の花をたづね、秋のもみぢをみても、歌といふ物なからましかば、色をも香をもしる人もなく、なにをかは、もとのこころとすべき」（古来風体抄）——「もとのこころ」とは何か？　そのような設問が学校の教科書にあるとは思わないが、仮にあったとしても、そこで思わず辺りを見回したりする者などいるだろうか。

「いったいおまえは何が言いたいのか！」——それは誰もがきっと一度はどこかで聞いたことのある声なのだろう。碁盤をひっくり返すような、この単刀直入なもの言いにはなにかなじみがある。血の気の多い未熟な若者か？　荒ぶる神の裔なのか？　それともやはり、社会や歴史の内のついぞ時や所を定めぬ、身も世もないものか。

なんのことはない、私は、「歌は、ごうすと」であると言った、あの薄気味悪い人のことを思っているのだが……およそ論の体をなさず、何を言おうとしているのかも定かではないが、何かただならぬ「しらべ」があるではないか！　そういうことはたしかにあるだろう。一たび本を閉じれば、彼の生身の呟きなどに耳傾けたいとは思わぬ者もいれば、なぜかその声音が耳について離れぬことがある。それどころか、何世紀も前の声が耳鳴りのように聞こえてやまぬ事だってあるのだ。

ばらといふ字はどうしても
覚えられない書くたびに
字引をひく哀れなる

西脇順三郎『旅人かへらず』

歌が疫病神のように排斥された時がある、と言っても、それは私が肌身で感じた時代ではないせいか、どうも実感が伴わないものだ。私の疫病神はもっと形而上的《メタフィジカル》な風をしているが、それにつけても思うのは、昔から歌学者がはるかに適切な言葉で言い表してきた、あの「理《コトワリ》」というもののことだ。あれはそもそも何をいうのだろうか？　そんな問いはめったに聞いたことがないようだが、おそらく聞くに及ばぬことか、聞くに堪えないことか、あるいはそれこそが新しい時代の真のタブーであったのかも知れない。いま新たにその問いを放つと、何かあちらからもこちらからもざわざわと不明な声が立ち上がるようである。

つまりこう言いたいのか？　それは、自然派の健康法などよりももっと広範で即効性のある、まさに時代の快癒薬であったと。それを服用すればたちどころに視界が開け、ギアを入れ替えたように格段に性能がアップして、つまりはどうにでもなると。そうして全快してみると、どうだろう、かつて目の敵にしていた「あのもの」でさえ、なにか懐かしく思えてくるではないか。「いったい何を争うことがあるだろう！」

　不明な時代の霧に包まれて生きるわれわれは、自分をなんなく運んで行く自動車のことも分からない。凡ゆるものに浸透し、すでに血肉と化しているもの。二進法のような基幹のシステムとして、なべての道具を（手脚さえ）動かすのに欠かせぬもの。優良債権の中に判らないように忍び込ませてある不良債権のように、もはや進化を遂げたそのものの名前を明かしてくれる学者もいない。

「官僚制」なる語を辞書でひけば、次々とその意味が現れるだろうが、しかしそれを最初に言い出した学者の脳裡には、必ずや第一義の念が（まるで良心のようだろう）去来していたにちがいない。その一事を知ることがなければ、他の一切はただ厖大にして些末な論にすぎぬと。学問の世界にもそうした言葉の比重というものはあるのだ。

　それならば逆に、こう言ってみてはどうなのだろうか？　歌は、失われた「あのもの」の声だと。だがそうなると、れいの薄気味悪い人の言葉は、いよいよ何か黙示録まがいの如何わしい話のように思えてくるようだが。斎藤茂吉は、万葉のますらをぶりに帰るべきだといったが、彼の人の心はどうしても古事記から離れなかったようだ。


山道に人形ひとつありしこと言はざりし日の昔思ほゆ　前登志夫

浄瑠璃歌舞伎など、いかに痴愚めいたばかげた話かを谷崎潤一郎が書いているが、さしずめ不具な子ほど愛しいということらしい。だがその痴愚めいた世界には、人間であった女が俄かに人形になったり、御簾が音もなく揚がり太夫が出語りになったり、紋切型の科白がどんな激情の生《なま》の表白よりも耳底に残ったり、背景に描かれた看板めいた風景からふと月が吐息を洩らしたり、そこにあるいはその世界の光炎の残り香が、魂があるかのと思える、さまざまな慮外事に満ちているようだ。その瞬間、長い痴愚めいた話もすっと迢か後方に遠のいて行く気がするが、しかしそれは、ワグナーのような滔々たる楽音を響かせることはなく、幽かな鈴の音のような調べである。

以前に、出演者全員がろうあ者という映画をみたが、冒頭に譜面台の前に立つ四人が手話で合奏するシーンがあった。演奏の真似事《ジェスチャー》ではなく、彼らが手話で表すのは、自らの音楽らしい。予め失われた音楽？　ベートーベンとは違い、彼らはそれを生まれてからまだ一度も耳にしたことがないのだ。それはどんなものなのだろうかと。響きの影？

聾学校で「人間らしい」発声を習っている子供の、その不思議な声音や、羞むような微笑も印象的だが、私が相変わらず想うのは、或いはそれをどこか物陰から見ていて、人知れぬ微笑《えみ》をうかべるものが居りはしないか……鬼神妖怪といった普きものよりも、私にはとくべつ逢いたいと思うものがいるのだが、そのようなものの研究者には出会ったこともない。

ただひとつ思ふのは
いつでもあの自然のふところに
何処か知らぬがまだ眼の覚めぬものがある。
何処かまるで違った甲《かん》どころに
このてにをはを押し流す深さが隠れてゐる。

高村光太郎「旅にやんで」

第一歌集と同様に、今回も青磁社のお世話になった。心より御礼を申し上げます。

二〇二〇年一月

熊村　良雄

著者略歴

熊村　良雄（くまむら　よしお）

昭和二十七年　新潟県に生まれる
新潟大学（独文科）卒業。補聴器販売会社に勤めた後、退社
現住所　新潟県阿賀野市北本町六－二六　今井方　小熊洋一
平成二十八年　第一歌集『月齢暦』刊（青磁社）
「ヤママユ」会員

歌集　うたふ鰭

初版発行日　二〇二〇年三月二十二日
著　者　熊村良雄
定　価　二五〇〇円
発行者　永田　淳
発行所　青磁社
京都市北区上賀茂豊田町四〇－一（〒六〇三－八〇四五）
電話　〇七五－七〇五－二八三八
振替　〇〇九四〇－二－一二四二二四
http://www3.osk.3web.ne.jp/~seijisya/

装　幀　濱崎実幸
印刷・製本　創栄図書印刷

ISBN978-4-86198-458-7 C0092 ¥2500E